BIBLIOTECA
MARCHA CRIANÇA

JOSÉ MAVIAEL MONTEIRO

O GRANDE HERÓI

ILUSTRAÇÕES
LUIZ MAIA

editora scipione

Esta edição possui o mesmo texto ficcional das edições anteriores.
Este livro foi originalmente publicado na Coleção Histórias do Reino, da Editora Scipione.

O grande herói

Gerência editorial Kandy Saraiva
Edição Flávia Andrade Zambon

Gerência de produção editorial Ricardo de Gan Braga
Arte
Narjara Lara (coord.), Thatiana Kalaes (assist.)
Projeto gráfico Gláucia Correa Koller, Soraia Scarpa (adaptação)
Revisão
Hélia de Jesus Gonsaga (ger.)
Iconografia
Sílvio Kligin (superv.), Cesar Wolf e Fernanda Crevin (tratamento de imagem)

CIP-BRASIL. CATALOGAÇÃO NA FONTE
SINDICATO NACIONAL DOS EDITORES DE LIVROS, RJ

M777g
5. ed.

Monteiro, José Maviael
O grande herói / José Maviael Monteiro ; ilustração Luiz Maia. - 5. ed. - São Paulo: Scipione, 2016.
48 p. : il.; (Biblioteca marcha criança)

ISBN 978-85-474-0009-5

1. Ficção infantojuvenil brasileira. I. Girotto, Ricardo. II. Título. III. Série.

16-35870 CDD: 028.5
CDU: 087.5

Código da obra CL 739954
CAE 612742

2018
5ª edição
3ª impressão
Impressão e acabamento: Vox Gráfica

editora scipione

Avenida das Nações Unidas, 7221
Pinheiros – São Paulo – SP – CEP 05425-902
Tel.: 4003-3061 / atendimento@aticascipione.com.br
www.aticascipione.com.br

1

Há muito tempo, longe, muito longe, existia um reino de aveludadas campinas verdejantes e profundos vales cobertos de exuberantes florestas. Os regatos escorriam por entre as pedras cantando ternas melodias e desfaziam-se em flocos de espuma nas pequenas e sombreadas cascatas.

No alto de uma colina, num castelo de altas torres, morava com a família real um rei muito justo. Na cidade ao redor do castelo, em casinhas brancas e telhados vermelhos, vivia um povo ordeiro e feliz...

Assim, em geral, começam as histórias infantis que se passam no Reino dos Reinos. Bem que a nossa poderia começar desse modo! Aliás, já estaria começada. Acontece que isso foi antigamente. No presente a coisa é muito diferente.

No Reino da nossa história existem as campinas, é verdade, só que não são aveludadas e muito menos verdejantes. Os vales são profundos, mas não cobertos de exuberantes florestas. Os regatos não cantam entre as pedras nem se desfazem em flocos de espuma. Existe um castelo de altas torres no alto de uma colina, mas ali não vive com a família real um rei tão justo. As casinhas da cidade não são tão brancas, e muito menos os telhados tão vermelhos. O povo não é lá tão ordeiro e muito menos feliz.

Então... o que sobrou do começo de nossa história? Só o fato de o Reino ser longe, muito longe. Mas será que é assim tão longe mesmo?

Bem, algum dia o Reino foi como dissemos no começo da história. E ele ficou assim por culpa de quem? Do Rei? Do povo? Minha, porque, se estivesse tudo bem, não teria história?

Erraram todos. A culpa foi do Bicho-Papão. Mas um de verdade, não esses bichos-papões fajutos que andam inventando por aí para meter medo às crianças, como se elas não soubessem que tais bichos não existem. Nada disso. Bicho-Papão de verdade: tinha o aspecto de um polvo gigantesco, com muitos braços, em cada braço uma boca, e em cada boca 144 dentes. Aliás, as bocas comiam de tudo num minuto. Bem, diga-se a verdade, não comiam de tudo, pois o Bicho-Papão só comia o que era verde.

As lavouras começaram a desaparecer. Já não havia trigo, café, milho, frutas, verduras, nada. O povo começou a reclamar. E queixou-se para o Quarto-Ministro, que contou ao Terceiro-Ministro, que falou para o Segundo-Ministro, que expôs para o Primeiro-Ministro, que disse ao Rei:

— Majestade, já não existe quase comida para o povo. Nem trigo, nem verduras, nem frutas...

O Rei, do alto do seu imponente trono, interrompeu o Primeiro-Ministro para decretar sabiamente:

— Pois mande o povo plantar batatas!

A ordem foi transmitida a todos os confins do Reino da Papálvia — é esse o nome do Reino da nossa história.

O povo ordeiro obedeceu. Plantou batatas... O Bicho-Papão comeu.

Outra vez o povo reclamou.

De novo o Rei deu a solução:

— Que o povo vá às favas!

Porém já não existiam mais favas. O Bicho-Papão havia comido.

O Rei convocou uma comissão de cientistas para estudar uma solução. Três meses depois os sábios descobriram algo importantíssimo: o Bicho-Papão não gostava nem de abacaxi, nem de pepino.

Ao saber disso, o Rei imediatamente decretou:

— Que o povo descasque abacaxis e coma pepinos.

Depois de certo tempo foi um tal de descascar abacaxis e comer pepinos que ninguém aguentava mais. Abacaxi e pepino de manhã, de tarde e de noite.

Na hora do café, suco de abacaxi e abacaxi em fatias. Na hora do almoço, salada de pepino e abacaxi de sobremesa. No lanche, sanduíche de abacaxi recheado com pepino. No jantar, o mesmo que no almoço, só que a sobremesa era sorvete de pepino.

Claro que também se comia carne! Mas como o gado era alimentado com pepinos e abacaxis, sua carne tinha um gosto de abacaxi misturado com pepino. O leite, então, era puro suco de abacaxi. As galinhas punham ovos cheios de caroços brancos, de pepino. Alguém já viu ovo com caroço? Ninguém? Isso é porque vocês não moraram no Reino da Papálvia.

Enquanto isso, o Bicho-Papão papava a papa dos papalvos — nome dado ao povo do Reino da Papálvia.

2

Um dia, o Rei foi escovar os dentes lá no alto de uma das torres e viu o castelo inteiramente cercado pelo povo, que levantava faixas, cartazes e gritava coisas. Lá do alto, o Rei não conseguia ouvir muito bem. Ainda mais todos gritando ao mesmo tempo! E, verdade seja dita: o castelo do Rei era alto exatamente para que ele não pudesse ouvir o que o povo dizia! Mas, naquele dia, era tanta, tanta gente... O jeito foi perguntar ao Primeiro-Ministro:

— Primeiro-Ministro, o que quer esse povo em volta do meu castelo? Hoje não é meu aniversário e muito menos o da Rainha!

— Majestade, o povo está dizendo que o Bicho-Papão acabou com toda a lavoura do Reino e, dentro de pouco tempo, se continuar assim, não existirá mais comida. Todos passarão fome.

— E o que eles querem que eu faça? — perguntou o Rei. Aliás, muito bem perguntado, porque rei deve sempre procurar saber o que o povo quer que ele faça. E acrescentou aborrecido: — Já mandei o povo plantar batatas, já o mandei às favas, já o mandei descascar abacaxis e comer pepinos... O que o povo quer mais?

— Quer que Vossa Majestade resolva o caso do Bicho-Papão.

— Mas é simples — retrucou o Rei. — Mate-se o Bicho!

Era preciso matar o Bicho-Papão porque, enquanto isso, ele papava a papa dos papalvos.

3

A palavra do Rei foi anunciada. Todo o povo começou a bater palmas, a dançar e a agradecer a suprema providência.

Mas restavam algumas perguntas a serem respondidas: Matar como? Quem teria coragem de enfrentar o monstro? Será que no Reino da Papálvia existiria alguém capaz de tamanha façanha?

Claro que sim! E, naquela mesma tarde, o jovem e valoroso Zé das Quantas apresentou-se voluntariamente à porta do castelo real para enfrentar o monstro.

Como toda porta de castelo que se preza, a do Reino também estava fechada. Era uma enorme porta de madeira pesada, tão pesada que, ao se abrir, caía para a frente e se transformava em uma ponte sobre o fosso em volta do castelo, por onde passavam até carruagens.

Zé das Quantas era tão alto e tão forte que, ao bater na porta com a mão fechada, fez aquele estrondo:

— BUUUMMM! BUUUMMM! BUUUMMM!

O Rei gritou lá de dentro:

— Tem gente!

O Zé das Quantas esperou um pouco e, como ninguém apareceu, tornou a bater:

— BUUUMMM! BUUUMMM! BUUUMMM!

O Rei perguntou:

— Quem está querendo arrebentar a porta?

E o Primeiro-Ministro, que sempre estava ali por perto, respondeu:

— É o Zé das Quantas.

— E o que ele quer?

— Veio apresentar-se para matar o Bicho-Papão.

O Rei fez um muxoxo:

— Ora, ora! Zé das Quantas é mais um Zé e nada mais.

— Com vosso perdão, Majestade, mas ele é muito forte.

— Mas é só um Zé e nada mais.

— Mas ele está armado, Majestade.

— Armado com o quê?

— Com uma enorme espada que deve pesar uns cem quilos.

O Rei começou a rir e continuou:

— Só com uma espada? E onde ele achou uma espada tão grande? É preciso descobrir...

— Mas, Majestade...

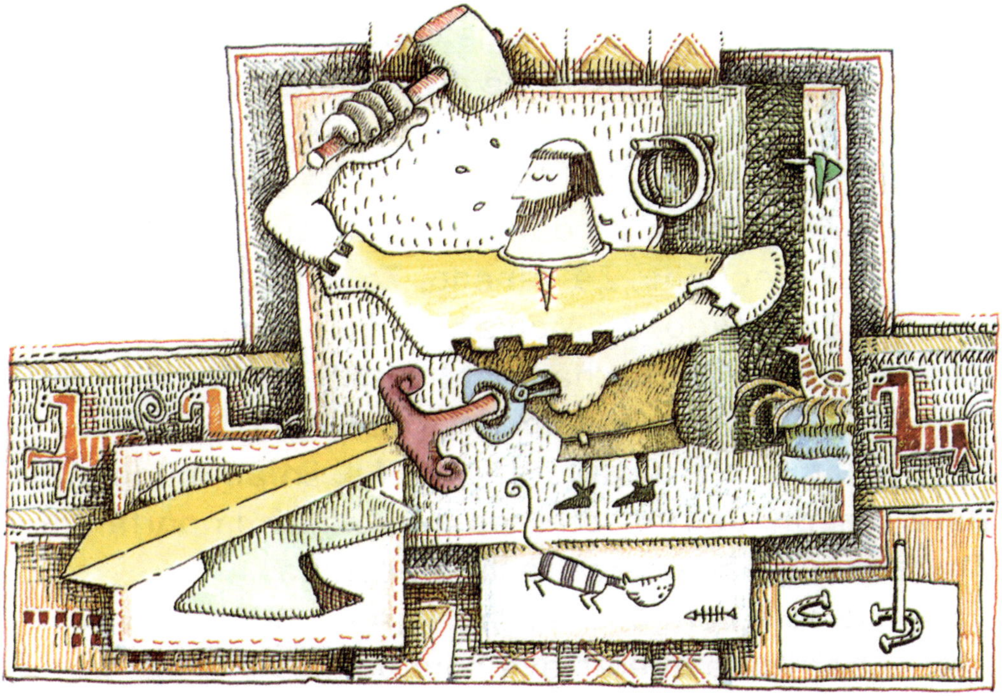

— BUUUUUMMMMM! BUUUUUMMMMM! BUUUUUMMMMM!

Outra vez aquela barulheira infernal.

O Rei impacientou-se:

— Mande-o embora! Já estou cheio de Zés!

E nisso o Rei bem que tinha razão. No Reino da Papálvia, todos os homens se chamavam Zé. Era Zé de Cima, Zé de Baixo, Zé do Meio, Zé do Freio, Zé Bandido, Zé Marido, Zé Valente, Zé Tenente, Zé Bombeiro, Zé Cocheiro, Zé Casado, Zé Coitado, Zé Mofino, Zé Menino, Zé da Rua, Zé da Lua, Zé da Banda, Zé Pequeno, Zé Veneno, Zé Grandão, Zé Porção, Zé Safado, Zé Malvado, Zé Bondoso, Zé Teimoso... Era Zé que não acabava mais. Só não era Zé o Rei. Embora tivesse nascido Zé, achou que não ficaria bem ser chamado de Rei Zé I. Então mudou para Joseph. Rei Joseph I era muito mais importante! Muita gente não gostou, achou besteira.

— Ele está com o rei na barriga — todos diziam, mas a barriga é que estava com o Rei.

Fora os Zés Marias e as Marias Zés, quem não era Zé, era Maria.

Tinha Maria Pureza, Maria Certeza, Maria Vovó, Maria de Ló, Maria Briguenta, Maria Cinzenta, Maria Bonita, Maria Catita, Maria Lourinha, Maria Pretinha, Maria Brancura, Maria Frescura, Maria Falada, Maria Calada, Maria Boneca, Maria Meleca... fora, é claro, a Rainha, que, embora também tivesse nascido Maria, mudou o seu nome para Mary. Não ficaria bem uma Rainha chamar-se Maria.

— BUUUUMMMM! BUUUUUUMMMMM! BUUUUUUMMMMMMMM! CREEEEEQUE!

Desta vez as pancadas haviam sido tão fortes que lascaram o portão do castelo.

O Rei enfureceu-se:

— Mande prender esse Zé das Quantas! Não aguento mais!

O Primeiro-Ministro advertiu:

— Majestade, o Zé das Quantas é muito querido pelo povo da Papálvia.

— E daí?

— Vossa Majestade fica mal com o povo.

— Não preciso do povo. O povo é que precisa do Rei. Mande prendê-lo já!

O Primeiro-Ministro ainda resistiu:

— Não seria melhor mandá-lo matar o Bicho-Papão? Aí estaria uma ótima oportunidade para Vossa Majestade se livrar dele: o Bicho-Papão poderá devorá-lo.

O Rei pensou, pensou e depois respondeu:

— E se o Zé das Quantas matar o Bicho-Papão? Vai virar herói na boca do povo. E como nós ficamos?... Nada disso. Não me arrisco. Mande prender o homem, pois ele é um subversivo.

O Primeiro-Ministro não sabia o significado daquela palavra e pensou: "Deve ser um crime muito grande". Mas não se conteve e perguntou:

— Ele é o quê, Majestade?

— Um subversivo, idiota! E, da próxima vez, se me fizer outra pergunta imbecil como essa, mando demiti-lo... Não vê que o Zé das Quantas é um subversivo? Ele está querendo arrasar o meu governo, tomar o meu lugar. Você não acabou de assistir ao ataque que fez ao castelo real? Ele quer meu trono, a minha coroa, ser o Rei da Papálvia. Isso ele não será nunca! PRENDA-O!

O grito do Rei foi tão forte no ouvido do Primeiro-Ministro que ele ficou tonto. Instantes depois mandou chamar o general Zé das Grades para prender o tal subversivo.

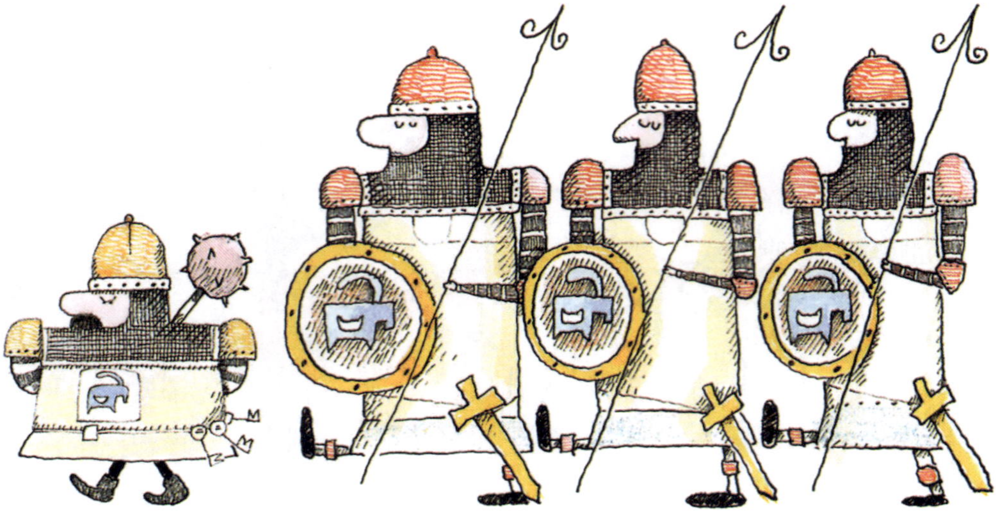

Zé das Quantas deu trabalho. Foi soco, tabefe, bofete, murro, pancada, tapa, rasteira, solavanco, pescoção, cascudo, direta, indireta, cruzado, palavrão para todo lado. Soldados voavam pelos ares, saíam gritando, correndo, berrando, gemendo, perna para um lado, braço para outro, lanças quebradas, escudos partidos. Finalmente, Zé das Quantas foi laçado com corda bem forte e levado para a cadeia.

O Rei Joseph I sorriu satisfeito. Seu Reino já não estava ameaçado.

Enquanto isso, o Bicho-Papão papava a papa dos papalvos.

4

Na semana seguinte, o Rei mandou convocar o povo para uma importante comunicação.

Vestido com um manto amarelo cheio de estrelas azuis, subiu até a torre mais alta do castelo e, através de um megafone, falou para a multidão que se concentrava lá embaixo:

— Povo da Papálvia! O vosso Rei, protetor e defensor perpétuo, sempre atento às necessidades e desejos de seu povo, acaba de dar solução ao grande mal que aflige todo o Reino.

Esperou os aplausos; eles demoraram a chegar, mas foram iniciados pelo Primeiro-Ministro e logo contagiaram a multidão. Em seguida, o Rei continuou:

— Depois de procurar em todos os cantos do país alguém tão forte que pudesse enfrentar o Bicho-Papão e matá-lo, sem encontrar, resolvi pedir a colaboração do país vizinho: o Reino da Estranja.

Só depois de muito insistir resolveram mandar-nos seu mais dileto filho, herói reconhecido no mundo inteiro, para ajudar-nos a debelar esse mal que está arruinando o Reino da Papálvia.

Foram tantas as palmas, tantos os gritos de alegria, que até o Bicho-Papão tomou um susto e quase se engasgou quando devorava um pé de milho.

E o Rei prosseguiu:

— O grande homem, herói de inúmeras batalhas, estará conosco na próxima semana e será hóspede do castelo real. Todo o povo deve recebê-lo com muitas palmas, muita festa, muita alegria. O seu nome é Namrepus, o maior herói do Reino da Estranja, de todo o Universo, de todos os tempos. Palmas para ele!

E estrondearam palmas e mais palmas, até os Zés e as Marias ficarem com as mãos vermelhas e roucos de tanto gritar:

— Viva Namrepus! Vivaaaaaa!

— Viva Namrepus! Vivaaaaaaa!

— Viva o Rei! Vivaaaaa!

— Namrepus! Namrepus! Namrepus!

Enquanto o povo se entusiasmava em volta do castelo, o Bicho-Papão papava a papa dos papalvos.

5

Durante toda a semana, os papalvos trabalharam enfeitando de flores a longa estrada, desde a fronteira com o Reino da Estranja até o castelo real. A grande orquestra, dirigida por Zé Maestro, afinou os instrumentos e ensaiou o hino especialmente composto para aquela memorável ocasião. Pintores, escultores e desenhistas prepararam-se para registrar o acontecimento. Assim, cada um a seu modo trataria de fixar a imagem do Grande Herói, pois lamentavelmente ainda não tinha sido inventada a máquina fotográfica e muito menos a televisão.

O banquete a ser oferecido a Namrepus e comitiva por certo não seria de pepinos e abacaxis. As mais finas iguarias seriam importadas diretamente do Reino da Estranja e de outros mais distantes, como o da

Gringolândia. O Rei Joseph I mandou abrir as adegas do castelo real, de onde foram retirados os mais finos vinhos do mundo. Claro que todos importados. Afinal, Namrepus não iria tomar champanha de abacaxi e pepino-cola.

Os salões foram ricamente decorados para o grande baile que seria oferecido à noite, após, é claro, o requintado banquete do almoço. O Rei mandou buscar num reino longínquo, tão longínquo que não estava no mapa, as mais belas dançarinas para divertir a noite do Grande Herói.

E, aos primeiros clarões daquela manhã, que prometia ser radiosa, como em toda história feliz, os Zés e as Marias da Papálvia, trajando suas melhores roupas, aguardaram na fronteira com o Reino da Estranja o momento tão esperado. Estavam todos ansiosos por ver a deslumbrante figura aparecer na curva da estrada. E não pensem que só na fronteira tinha papalvos. Por todo o caminho até o castelo real, Zés e Marias tinham deixado seus afazeres para assistir ao majestoso e inesquecível desfile.

E depois dos primeiros clarões da manhã...
chegaram os segundos...
os terceiros...
os quartos...
os quintos...
....
os décimos... e o Sol subiu no horizonte, encheu a Terra de luz, acordou o Bicho-Papão, que de imediato começou a papar as últimas verduras da Papálvia. E o Grande Herói, nem sombra dele!

O gordo Primeiro-Ministro suava por todos os poros e sorria amarelo para o Segundo-Ministro, que escondia seu desapontamento para o Terceiro-Ministro, que tentava enganar o Quarto-Ministro, que não dava bola para o povo em volta, já impaciente com a demora do Grande Herói.

O Sol já ia alto quando se ouviu ao longe o tropel de cavalos, o soar estridente de clarins, e na curva da estrada finalmente surgiu uma grandiosa tropa montada nos mais belos corcéis que já se tinham visto. Bem nutridos, pelo luzidio, arreios de prata, passaram a galope levando ao alto cavaleiros com as mais enfeitadas e cintilantes vestimentas. Logo atrás, numa carruagem puxada por 200 cavalos, bem no alto de um trono, a deslumbrante figura de Namrepus, o Grande Herói, vestido com uma reluzente armadura metálica e um esvoaçante manto vermelho e azul. Em uma das mãos, uma enorme lança, e na outra, o escudo com o desenho de uma águia, seu brasão.

"É herói demais para um simples Bicho-Papão", pensaram os Zés e as Marias.

E, enquanto isso, o Bicho-Papão continuava papando a papa dos papalvos.

6

Os sons dos clarins quase foram sufocados pelos gritos de "Vivaaaaa! Vivaaaaa!" e pelas palmas que acompanharam o Grande Herói em todo o seu trajeto até o castelo real.

O Rei Joseph I estava na porta esperando por ele. Namrepus, sem ao menos cumprimentá-lo, entrou pelo grande portão em cima de seu carro puxado por 200 cavalos de raça, da mais pura raça desconhecida. O Rei saiu correndo atrás do carro para esperá-lo no meio do pátio. Só então Namrepus desceu do alto do trono e veio cumprimentar Joseph I, estendendo-lhe a mão. O Rei da Papálvia sentiu a mão fria do Grande Herói e, logo depois, uma dor enorme nos dedos quase esmagados pela força do homem. Deu uma rápida olhada e viu que Namrepus não havia tirado as luvas de aço que usava.

O Grande Herói era realmente grande, mais de dois metros de altura. Ao lado dele, o Rei Joseph I, se já era baixinho, ficou um tico de nada. Namrepus abaixou-se para dizer alguma coisa a ele:

— AivlàpaP ad onieR oa riv rop ergela otium uotse.

O Rei Joseph I arregalou os olhos, abriu a boca e dela não saiu o menor som. O Grande Herói era estrangeiro e, em sendo estrangeiro, falava estrangês e não papalvês. E ele não havia providenciado um intérprete para traduzir tudo o que o outro falasse. O pobre Rei olhou em volta procurando auxílio dos seus auxiliares. Todos baixaram a vista, olharam para cima, para os lados, para todo canto... O Rei não teve outro jeito senão começar a gritar:

— Primeiro-Ministro, providencie já um intérprete!

Enquanto isso, o Grande Herói, pacientemente, repetia em estrangês:

— AivlàpaP ad onieR oa riv rop ergela otium uotse.

Coitado do Rei Joseph I! Começou a tremer como se estivesse com frio, embora fizesse um calor de quase 40 °C e ele usasse um manto verde pesado e quente.

— Quero um intérprete! Um intérprete já! — gritou.

O Grande Herói olhava espantado para o Rei, sem entender patavina do que ele dizia, e tornou a falar:

— Solavac suem so arap adimoc rajnarra osicerp è.

"E agora?", pensou o Rei, completamente desconsolado.

Mas, para sua salvação e surpresa, naquele Reino de Zés e Marias, vivia o Zé Linguarudo, que conhecia todas as línguas, até o estrangês. O tal homem foi chamado e logo foi falando para o grandão:

— Ol-êbecer me odarnoh etnes es aivlàpaP ad onieR o.

O grandão respondeu sorrindo:

— Otiefsitas otium uotse mèbmat ue.

O Rei e os outros Zés da Papálvia ficaram com cara de bobos, sem saber o que os dois conversavam. Então o Zé Linguarudo esclareceu:

— Eu disse: "O Reino da Papálvia se sente honrado

em recebê-lo". E ele respondeu: "Eu também estou muito satisfeito".

Logo depois, o Grande Herói repetia uma frase já dita antes:

— Solavac suem so arap adimoc rajnarra osicerp è.

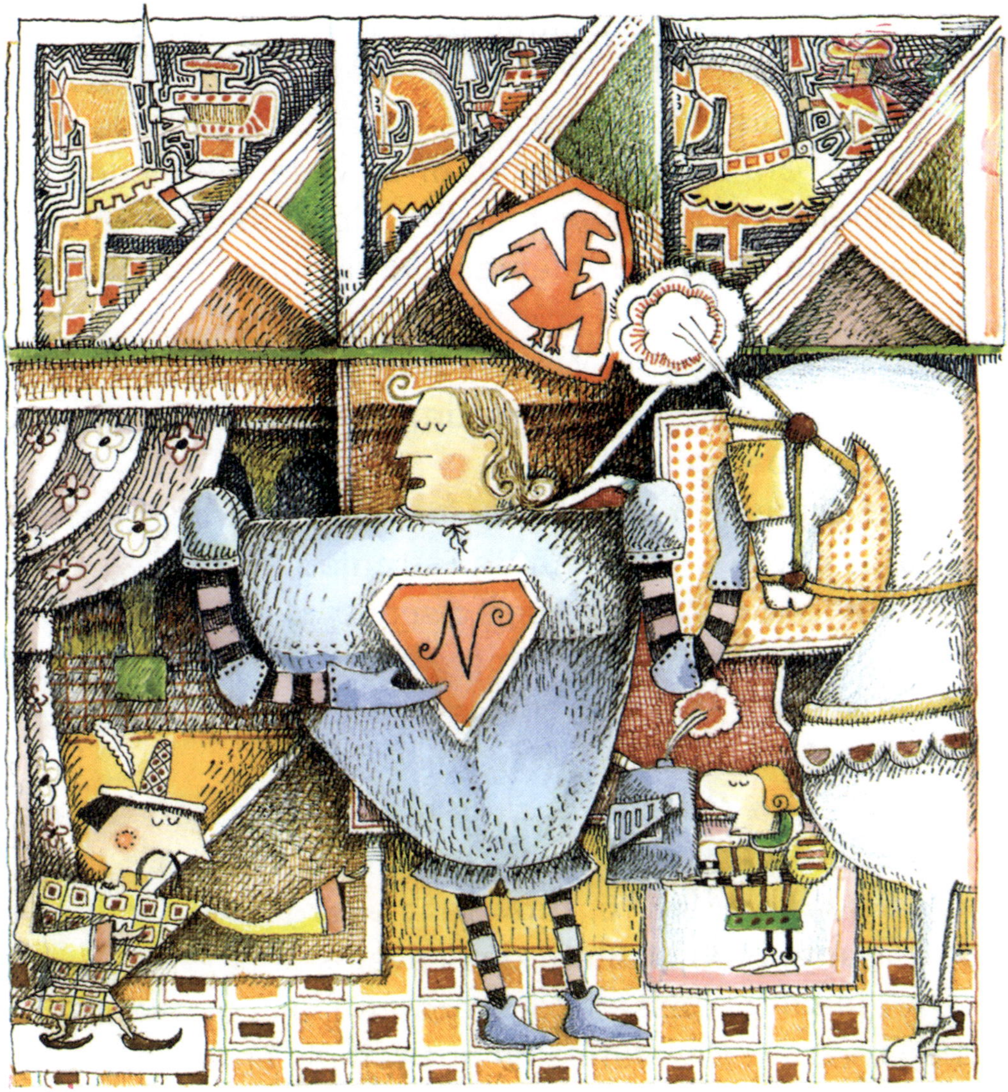

Que o intérprete traduziu para o Rei: "É preciso arranjar comida para os meus cavalos".

O Rei Joseph I ficou nas pontas dos pés e gritou para o Primeiro-Ministro:

— Providencie, urgente, alfafa para os cavalos do Reino da Estranja!

— Onde vamos encontrar tanta alface, Majestade? — perguntou desconsolado o Primeiro-Ministro.

Joseph I explodiu:

— Em primeiro lugar, seu cretino, não é alface. É AL-FA-FA! Em segundo lugar, onde você vai encontrar é problema de primeiro-ministro e não de rei. Rei reina, não resolve problemas. Ou faz uma coisa ou outra.

Já que o Primeiro-Ministro não reinava, tinha que resolver o problema. E o fez de imediato. Dirigiu-se ao Segundo-Ministro:

— Segundo-Ministro, providencie, urgente, alfafa para os cavalos do Reino da Estranja.

O Segundo-Ministro nem discutiu a ordem. Virou--se para o Terceiro-Ministro:

— Terceiro-Ministro, providencie, urgente, cavalos para alfafa do Reino da Estranja.

O Terceiro-Ministro ouviu a ordem e passou-a para o Quarto-Ministro:

— Quarto-Ministro, providencie, urgente, o Reino da Estranja para a alfafa dos cavalos.

A ordem foi passada de boca em boca, e quando chegou ao Zé Cavalariço ninguém mais entendia nada.

E não foi tomada nenhuma providência, como sempre acontecia no Reino da Papálvia.

Os cavalos do Grande Herói, cansados de tanto esperar pela alfafa que não vinha e famintos como estavam, acabaram comendo as flores do jardim do castelo.

Indiferente a tudo, o Bicho-Papão continuava papando a papa dos papalvos.

7

Lá dentro do castelo, o Grande Herói Namrepus e sua comitiva de 350 pessoas sentaram-se à grande mesa preparada para o imenso banquete de boas-vindas.

Lá fora, o povo da Papálvia comia pepinos e descascava abacaxis. Ali dentro, pela grande mesa do banquete, desfilavam enormes postas de carne bovina, suína, ovina, caprina, equina, canina, gatina, galina... Tudo quanto era bicho tinha sido aproveitado para o churrasco. Foram abertos os melhores vinhos e todos se empanturraram de comida.

O Grande Herói Namrepus comeu sozinho quase a metade de um boi, um pernil inteiro, dois perus, sem contar o frango de tira-gosto na entrada e a tigela de doce na saída. Ele realmente precisava estar bem alimentado para a grande missão que o esperava.

Pouco se falou durante o almoço. Primeiro porque ninguém sabia falar estrangês, a não ser o Zé Linguarudo. Segundo porque as bocas estavam sempre ocupadas com a comida.

Quando o banquete terminou, Joseph I convidou Namrepus para, do alto da mais alta torre do castelo, tentarem ver o Bicho-Papão. E dali descobriram que o monstro já estava bem próximo às muralhas, papando gulosamente as últimas folhinhas verdes do Reino. Em volta do castelo, tudo era desolação.

O Grande Herói ficou durante muito tempo olhando para o Bicho naturalmente avaliando onde e como daria os seus violentos e profundos golpes mortais. Um em cada braço do monstro, decepando as várias bocas e acabando com a sua vontade de comer... Seria essa a estratégia.

Namrepus tentou explicar ao Rei que sua grande espada era feita do mais duro aço já produzido no mundo. O fio da lâmina estava envenenado com poderosíssimo líquido para matar o monstro ao mais leve arranhão. O desenho da espada fora feito pelos maiores especialistas em armas, de modo que não haveria jeito de errar o golpe. Até de olhos fechados ele seria capaz de matar o monstro.

— E se o Bicho-Papão atacá-lo? — perguntou o Rei.

Zé Linguarudo traduziu:

— ?Ol-àcata oãpaP-ohciB o es e.

Namrepus sorriu do alto de sua importância e respondeu com imenso desprezo:

— Mugla ogirep àh oãn. OãpaP-ohciB od euqata reuqlauq eleper euq sìap uem me adatnevni aigrene ed adamac amu ed atrebocer e adapse ahnim ed o otnauq orud oãt oça ed atief è otsiv ue euq arudamra a sam ,ebas oãn edatsejaM assoV.

Zé Linguarudo traduziu:

— Vossa Majestade não sabe, mas a armadura que eu visto é feita de aço tão duro quanto o de minha espada e recoberta de uma camada de energia inventada em meu país que repele qualquer ataque do Bicho-Papão. Não há perigo algum.

E tinha mais: no escudo de Namrepus existia o raio de Aquenodon, que lança fogo a distância e mata qualquer ser vivente que se aproxime.

O Rei ficou satisfeito, mas apesar disso mandou o general Zé da Guerra convocar todo o exército, a polícia e o corpo de bombeiros para que, no dia seguinte, pela manhã, estivessem todos em frente ao castelo, cercando o Bicho, procurando defender o Grande Herói de qualquer ataque-surpresa que pudesse sofrer.

E o Bicho-Papão, que andava papando a papa dos papalvos, papou as últimas folhinhas verdes ao anoitecer.

8

À noite, o castelo real iluminou-se com mil tochas coloridas para a continuidade da festa em homenagem ao Grande Herói Namrepus. O banquete servido foi ainda melhor que o do almoço. Os melhores músicos da Papálvia tocaram seus instrumentos, os cantores entoaram suas canções e as famosas dançarinas deslumbraram os presentes com suas danças inesquecíveis.

Enquanto os Zés e as Marias esperavam ansiosamente ficar livres daquele monstro, o Rei Joseph I, incansável defensor do povo, cumpria sua obrigação oferecendo uma festa no palácio real, em grande estilo.

Alta madrugada, o Rei achou que a festa devia terminar. Afinal, Namrepus precisava descansar, pois a grande batalha devia ser logo ao amanhecer. O Bicho-Papão seria atacado antes que acordasse.

Realmente o Grande Herói precisava dormir. Esquecera a prudência, ou gostara muito do vinho oferecido, pois ao fim da grande festa já estava trocando as pernas. E, amparado por quatro guardas da sua comitiva, dirigiu-se aos aposentos para dormir o resto da noite e refazer as forças.

Chegando ao quarto, Namrepus só fez murmurar um "!Etion aob" — Boa noite! — e desabou o corpanzil inteiramente vestido com a armadura de gala sobre a enorme cama, que rangeu com o seu peso. Os guardas resolveram tirar-lhe a armadura e o deixaram apenas de ceroulas. Durante toda a complicada operação para despi-lo, o Grande Herói não acordou uma só vez.

Finalmente, fez-se silêncio no castelo real.

9

E todo o Reino adormeceu...

Ainda estava escuro quando uma leve brisa varreu as campinas desoladas do Reino da Papálvia e veio morrer junto ao castelo. O vento refrescou a manhã e acabou acordando o Bicho-Papão, que tinha dormido mal naquela noite. No final da tarde passada ele havia comido as últimas folhinhas verdes, mas ainda sentia fome. Deitara-se, mas a festa no castelo ali perto, as luzes, a música, a movimentação das pessoas, não o deixaram dormir sossegado. Mexeu os enormes braços, procurando adormecer outra vez. Não conseguiu. As numerosas bocas começaram a procurar folhas verdes para mastigar, os narizes cheiraram o ar, em busca de um matinho qualquer, por menor que fosse, os olhos se arregalaram, tentando enxergar no lusco-fusco da manhã. Nada de comida!

E o Bicho-Papão deu um urro que foi ouvido a quilômetros de distância. Toda a Papálvia ouviu, mas no castelo real ninguém escutou, pois estavam todos tão embriagados que não acordavam por nada deste mundo.

O Bicho soltou outro urro, e outro e mais outro. Cada boca dava o seu urro, e foi um horror de urros. De repente, ele levantou e encaminhou-se para o castelo real.

Lá no nascente, surgiram os primeiros raios de sol. O sentinela da porta do castelo, mergulhado num sono profundo, acordou justamente na hora em que o Bicho-Papão estava diante dele, com as bocas abertas, mostrando as incontáveis fileiras de dentes. O soldado deu um grito, atirou a espada longe e saiu correndo ladeira abaixo.

O grito do guarda fez o que os urros do Bicho--Papão não fizeram: acordou o castelo inteiro. Foi gente saindo por tudo quanto era porta, janela, claraboia, pulando muros e fossos, de pijama, camisola, ceroulas, cueca e até mesmo gente pelada caindo aqui, levantando-se mais adiante, gritando, gemendo, chorando para, finalmente, desaparecer ladeira abaixo.

O Rei Joseph I também foi acordado pelo Bicho--Papão, com uma das bocas bem junto ao seu nariz. Deu um grito tão alto que acordou a Rainha. Assustados, os dois saíram correndo, desceram as escadas que davam acesso à parte mais baixa do castelo, pularam a janela e desapareceram. Nunca mais foram encontrados.

Os enormes braços do Bicho-Papão prosseguiram castelo adentro, penetrando nos corredores, invadindo os salões e os quartos, pondo todo o mundo para correr.

O Grande Herói estava tão ferrado no sono, numa ressaca tão danada, que não ouviu movimento algum pelos corredores do castelo. E só quando um dos braços penetrou em seu quarto, balançando a cama, foi que acordou. Ao abrir os olhos, Namrepus deparou-se com uma daquelas bocas de 144 dentes bem em cima dele. Sentiu o hálito de salada azeda, deu um pulo da cama e gritou desesperado em estrangês, que já vai traduzido:

— Tragam minha espada, minha lança, minha armadura, meu escudo, meu... raio que o parta, quero dizer, meu raio de Aquenodoooooonn!

Que espada, que lança, que armadura, que escudo, que raio, que nada! Os sentinelas haviam fugido. O palácio estava deserto. O Grande Herói ficara na mão! Além de só, estava agora muito mal acompanhado pelo Bicho-Papão.

Namrepus não era bobo de ficar ali! Mais do que depressa saiu correndo, de ceroulas mesmo, pulou o muro do castelo com toda aquela altura, desceu a ladeira aos trambolhões, fugiu numa carreira tão desesperada que atravessou todo o Reino da Papálvia, da Estranja, da Gringolândia, e acabou no fim do mundo, tão longe que saiu desta história.

10

E depois?

O Bicho-Papão continuou perseguindo os retardatários do castelo real. Quando não tinha mais ninguém, saiu em direção à cidade. À medida que ia andando, o povo apavorado corria à sua frente, deixando para trás a cidade deserta.

E todo o mundo estaria correndo até hoje, se os guardas que tomavam conta da prisão onde estava o Zé das Quantas não houvessem abandonado os seus postos, deixando-o sozinho. Com a força de seus músculos ele abriu imediatamente as grades, apanhou sua enorme espada que estava no porta-armas, e correu para a rua. Não para fugir, mas para enfrentar o Bicho-Papão, que se encontrava ali bem próximo, enorme, monstruoso. Quando finalmente o Bicho-Papão e o Zé das Quantas ficaram frente a frente, o monstro abriu todas as bocas de uma só vez, urrou todos os urros e avançou contra ele. Imóvel, o homem esperou com a espada levantada, e de um só golpe, certeiro e fatal, decepou a única cabeça que governava o corpanzil armado de tantos braços e enormes bocas esfomeadas.

O Bicho-Papão morreu naquele instante!

E foi tanto sangue jorrado, mas tanto, que acabou fertilizando as terras do Reino da Papálvia. Assim, pouco a pouco, tudo foi voltando ao normal. As campinas tornaram-se aveludadas e adquiriram um tom verdejante. Nos profundos vales começaram a brotar futuras florestas. Os regatos voltaram a escorrer em leitos de pedras, cantando ternas melodias e formando pequenas cascatas. No alto da colina ficou o castelo de altas torres abrigando um rei que se chamava Zé. Na cidade ao redor do castelo passou a morar novamente um povo ordeiro e feliz, os Zés e as Marias. Eles, com certeza, nunca mais iriam comer pepinos e descascar abacaxis.

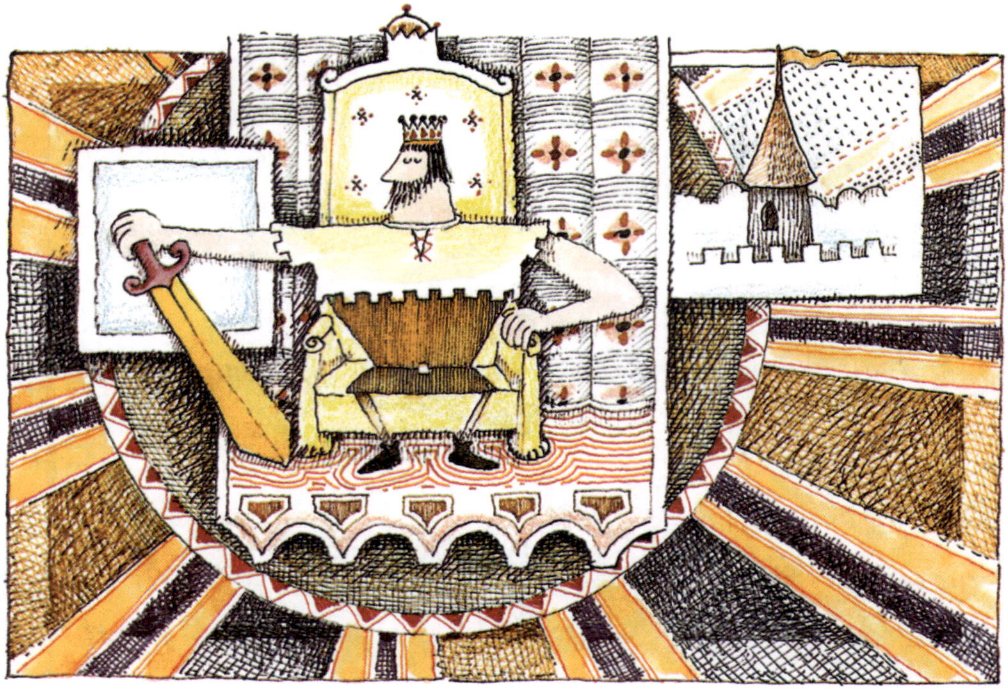